Jekaterina Wolodina

Realität und Traum

Gedichte

Heinrich Dick Verlag

Jekaterina Wolodina ist eine russische Dichterin, Mitglied des Verbandes russischer Schriftsteller, Mitglied des internationalen PEN-Vereins, Co-Vorsitzende des Literaturrates der Eurasischen Volksversammlung, Regionalredakteurin der Ersten Allrussischen Literaturzeitschrift „LiFFt“ für die Region Tjumen. Autorin und Leiterin des internationalen Kultur- und Bildungsprojektes „Verein der internationalen Freundschaft der Kinder Eurasiens“. Absolventin der Nordwestakademie für Staatsverwaltung beim Präsidenten der Russischen Föderation (RANH) in St. Petersburg. Stipendiatin des Staatsstipendium für herausragende Persönlichkeiten der Kultur und Kunst Russlands. Autorin von 9 Büchern. Ihre Werke wurden in 14 Sprachen der Welt übersetzt und in Zeitschriften in Russland, Australien, Österreich, Deutschland, Kanada, Serbien, Nepal, Ägypten, Slowenien, Albanien, Belgien, Aserbaidschan, Ukraine, Tadschikistan, Moldawien und Weißrussland veröffentlicht.

Jekaterina Wolodina

Gedichte

Illustrationen: Jekaterina Wolodina
Cover: Heinrich Dick
Übersetzung: Valentina Mingalieva
Korrektur: Prof. Rainer Hirt
Satz: Heinrich (Gennady) Dick
Projekt „Goldenes Vlies“
Leiter des Projekts: Heinrich (Gennady) Dick

Druck: epubli ein Service der
neopubli GmbH, Berlin

ISBN:978-3-754151-28-0
Printed in Germany

Bibliografische Information der Deutschen Nationalbibliothek

Die Deutsche Nationalbibliothek verzeichnet diese Publikation in der Deutschen Nationalbibliografie; detaillierte bibliografische Daten sind im Internet über dnb.d-nb de abrufbar

Inhalt

FORTVNA

* * *

Die Ewigkeit ist unmessbar…
Der Stein wird wieder zum Sand…
Das war irgendwann mal zwischen
Realität und Traum.
Es kommen schwarze Gewitter,
Erobert die Kälte die Welt,
Trocknen aus Flüsse und Tränen,
Ein Idol nicht ewig lebt.
Die Stämme und Sprachen sterben,
Das neue Leben entsteht,
Die Zeit ist ein dünner Faden,
Der auf den Schicksalen liegt.

* * *

Ein klebriger Pappelnduft,
Das Atmen des wachsenden Grasses…
Der barfußen Kindheit zurück
Die Erinnerungen mich überlassen.
Regenbogen und Regenzeit,
Blühenden Apfelbäume-Oasen.
Für die Ewigkeit tröstend bleibt
Die Jugend von meiner Straße.

* * *

Ich werde noch über Liebe und Trennung schreiben,
Verschweige nichts über den Schnee und die Kälte,
Erkenne den Frühling mit ersten Klängen und Zeichen,
Erwachen! Der März heilt schnell meine Seele.
Der frische Wind der Wonne, das Himmelblau.
Alles, was lebt, kommt aus dem langen Traum.
Berührend die Krone von jedem einzelnen Baum,
Kommt uns entgegen der lachende Frühling vertraut.

* * *

Sonnig und süßlich nimmt mich in die Arme der Frühling,
Und in die Höhe mein Herz und Gefühle fliegen,
Vergangene Jahre!.. Würde ich gern zurückholen,
Zu ´nem Gedanken mich Zeit und Ewigkeit bringen –
Alles im Leben ist dir unterstellt, Himmelskörper,
Weise Parabeln und Chronik der heißen Gefühle,
Alles passierte in Strahlen der ewigen Sonne,
Es gab… und wird auch geben! Kastanien blühen.
Die Zeit läuft so schnell, die Prognosen sind manchmal vernebelt,
Denn was erwartet… mich, und auch dich in der Zukunft?
Es ist unbekannt, aber Eines ist bereits vorgegeben:
Schöne Erwartung auf die frühjährliche Ankunft!

* * *

Allmächtiger Morpheus, der Garten – neblig, still,
Ein schöner Traum schaukelt im Silber,
Mit der Metapher luftigen Gespinsts
Entsteht kein Zweifel in der wahren Silbe.
In dem Bewusstsein breitet sich der Schlaf,
Umarmt die Apfelbäume mit Gesängen,
Der Nebel spricht so süß, mit Leidenschaft –
Versuchung… Eden… Evas erste Sünde…
Entkommt der Nebel mit gesenktem Blick,
Die Saiten und Elan berührend,
Die feuchte Gartenschönheit einmal schwingt,
Das Morgenrot erwacht sehr warm und fröhlich.

* * *

Die Uhrzeiger drehen sich, Alltagssache,
Das Ende ist näher, als man es träumt,
Man kann alles machen, um es zu schaffen:
Zu lieben, zu schreiben, zu beten – voll…
Der Steigbügel – hoch, und das Pferd – am Rennen,
Jeder bezahlt seine Schuld vor dem Gott,
Für alle, die in den Himmel gehen –
Den leichten Weg zwischen hier und dort.
Geradeaus – Wahrheit, Ehre und Güte,
Gemeinsamkeit unter dem Himmelsrand.
Jeder, der treu ist, bekommt eine gute
Nachricht und Brot für die richtige Tat.
Leben ist Prüfung, jeder zieht eine Karte,
Wenn du jung bist, pflanze die gute Saat.
Die Nacht bedeckt mehr als zwei Tausend Jahre
Die ewig wache, von Gott geschützte Stadt.

* * *

Ein Sommergedächtnis bleibt auf gebräunten Gesichtern,
Am Mittag und in der Hitze – es kocht Marmelade.
Noch eine Seite wird somit umgedreht,
Wie eine Liebesgeschichte – die Kirschenballade.
In diesem süßlichen Schaum – die Beine der Wespe,
Die sich im zähen Geheimnis sehr tapfer bewegen,
Und steigen hoch weiße Gipfel im kochenden Kessel,
Das Leben bekommt eine neue Bedeutung und Segen.
Unsere Lust ist verschwenderisch, unaufhaltsam,
Obwohl wir dagegen schon häufig geschworen haben,
Wir werden umarmt und erwärmt, falls wir fühlen uns einsam,
An Glück erinnert im Winter uns die Marmelade.

* * *

Dort, wo der Winter im Nu anfängt,
In menschlichen Seelen, in Städten,
Der Dichter um die Verzeihung fleht
Für alle, nachts, bei den Kerzen.
Ein schlafloses Leben, Gedankenlast,
Der letzte Prophet, wahrscheinlich.
Du hast dieses Leben für uns erfasst.
Unsterblich in einigen Zeilen.
Wer überlebt bis zur Morgenstund‘,
Einige Uhren stehen…
Die Stimmen vom Dichter und vom Sturm,
Hörst du, sie sprechen?

* * *

Es atmet der Himmel –
Der Sonnenaufgang,
In menschlichen Seelen
Das Licht sich anbahnt,
Und die Augen zukneifend:
Gott!.. Leben ist schön!
Zu lieben, zu verzeihen
Und Gutes zu tun.
Mein Glück, wo bist du denn?
Ich fäng‘ dich am Rand!
Die Nachricht vom Himmel:
Nimm es in die Hand!
Die Seele der Erde
Ist sehr hell und rein,
Die Güte und Wärme,
Wie viel du willst – greif!

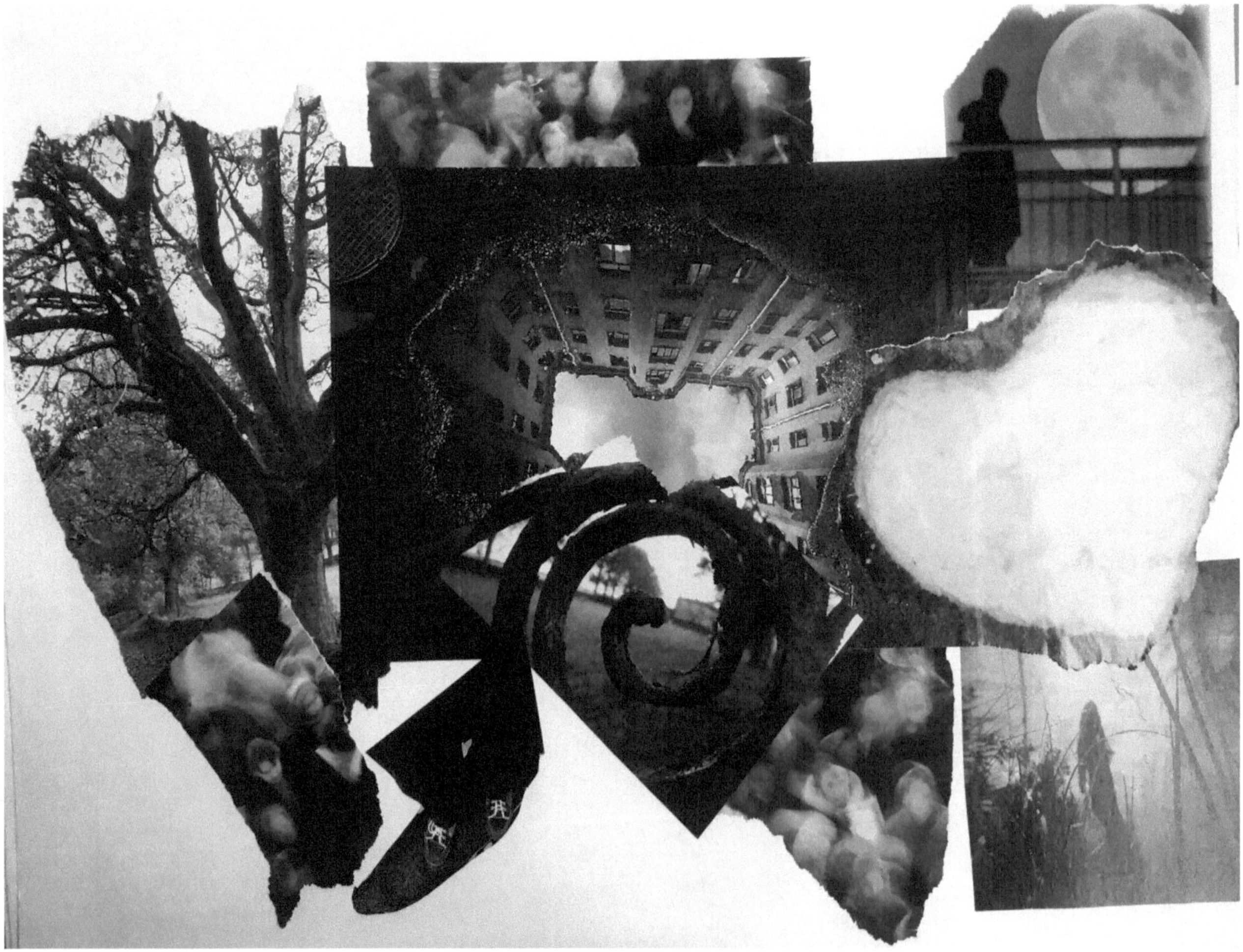

* * *

Wieder – der Regen, gefangen in nichtausgesprochenen Worten,
Jeder Tropfen
Macht stärker die Gedankenpunkte-Flut.
Mein schlafloser Kaffee
                    der nicht gesehenen Träume,
Jede Tasse die Nächte so quälend verkürzt.
An Vieles nachdenkend,
                    träumen wir aber kaum.
Nach Eintreffen des Tages verabschieden uns schnell.
Aber morgens die Tropfen hartnäckiger schlagen.
Des Unausgesprochenen: warte auf ihn…

* * *

Februar. Die Interpretation der brüchigen Schneeflocken,
Halb aufgetaut, Gefühle zieht es in die Kindheit.
Im Kaleidoskop eines Festes der eisigen Funken
Versteckt sich ein sicheres Anti-Melancholie-Mittel.
Meine Erfahrung ist umgekehrt. Es taut im Frühling.
Die Schönheit der zarten Kristalle ist eingebildet.
Vom leichten Wind verlassen sie meine Handschuhe,
Ein weißes Wunder!.. In einer Sekunde verschwindet.
Der Winter und seine Begleiter sind so unerschöpflich,
Sturm und Gestöber – im Dienst vom boshaften Verhängnis,
Bis zu dem Schüttelfrost –sind quitt die glänzenden Körper,
Jeder davon fühlt sich einsam und ohne Verständnis.

* * *

Die Eiszapfen schauen in meine Fenster…
Es tropft auch im Herzen, läutet hell,
Und schwingen in der Luft die Liebesnetze,
Und du bist meins – mein dargestellter Lel.
Der Frühling! Du fliegst an die Jahresspitze!
Die seelenlosen Word und Yandex – weg!
Du bist Natur – mit einem Geist und Glitzern,
Dein Zauber gewinnt von vorneweg.

* * *

Ich begrüße jeden Tag wie eine Kirche.
Eine Wonne – Sonnenaufgang,
Schau dich nur um in jede Richtung:
Wer die Dunkelheit besiegt – unsterblich bleibt.
Ich geh rein wie eine gute Nachricht,
Neue Zeile, heiteres Gedicht.
Danke, lieber Gott, dass ich gern schreibe,
Leier höre unterm Himmelslicht.

* * *

Im Herbst schmeiß ich genervt die Vogelbeere
Mit meinem Schmerz und Sehnsucht… Kalter Wind
Und Schauerregen füllen den November,
Das Blut in meiner müden Seele friert.
Die Lippen werden Beeren nicht erwärmen,
Die roten Spritzer – großes, krankes Herz,
Berührt die Nerven lebend und empfindlich,
Weint mit Gedichten, platzt vom scharfen Schmerz.
Vergangenheit ist weg; banale Zukunft
Ist sterblich in dem Vogelbeeren-Schmuck.
Von Anfang an haben wir gewusst darüber –
Die Vogelbeeren sterben unterm Druck.

* * *

Ich möchte an eine gute Erkenntnis glauben.
Worauf kann man noch im langen Winter warten?
Ein Messias kommt und öffnet Russlands Augen
Und schenkt ihm großzügig und gern seine Gnade?
Ich glaube, das Gute wird auferstehen,
Und ein Bruder tritt dem Anderen nicht gegenüber,
Ich glaube… Aber muss mich schlaflos herumdrehen,
Denn der Messias wird wieder gekreuzigt vom Pöbel.

* * *

Morgenrot! Unverständliches Morgenrot!
Mein Gedächtnis ist warm von meinen Träumen,
Bernsteinfarbiger Körper sich langsam erhob,
Die Entwürfe – vergessen für andere Zeiträume.
Kein Vorahnen, Vorstellen – die Realität!
Der Tagesanfang und das Berühren des Lebens –
Sie durchdringen das Herz und das Blut mit ´nem Licht,
Unumkehrbar auch mein Bewusstsein besiegen.
In Bewegung – der Himmel, die Zeit und das Sein,
Lachend öffnet die Sonne das ewige Fenster,
Unter zeitlicher Lupe reift der brünstige Wein,
Und die Jugend strebt nach dem Glück widerspenstig.
Unbestritten! Die Liebe die Jugend ruft,
Abendrot und die Nächte im dunklen Geheimnis…
Und am Morgen – berechtigte Lebenslust,
Und bekommen den neuen Sinn die Sachverhalte.

FORTVNA.

* * *

Diese unbegreifliche traumlose Zeit,
Wie das Fieber im Blut, die Reime quälen,
Ich berühre die Handtasten leicht und zart,
Hören Sie? – die Vergangener-Liebe-Klänge.
Wegen der Liebe – Zweifel, Tränen und Leid,
In meinem Heft – durchgestrichene Zeilen,
Es war doch gestern – ein warmes Gewitter im Mai,
Glückliche Augen und nasse Kleidung.
Mit dem sternenreichen Rücken bedeckt die Nacht,
„Geh nicht weg!“… Mein Gefühl wird vergessen,
Das Licht erlischt, der Kaffee wird langsam kalt,
Der schlappe Schlaf umgibt dich mit ´ner Kulisse.
Das Morgenrot verschwindet mit leichtem Kuss,
Der Körper ist wie mit jungem Wein angetrunken,
Mein Gedächtnis mit deinen Augen muss
Traurig lächelnd lange noch aus dem Fenster blicken.

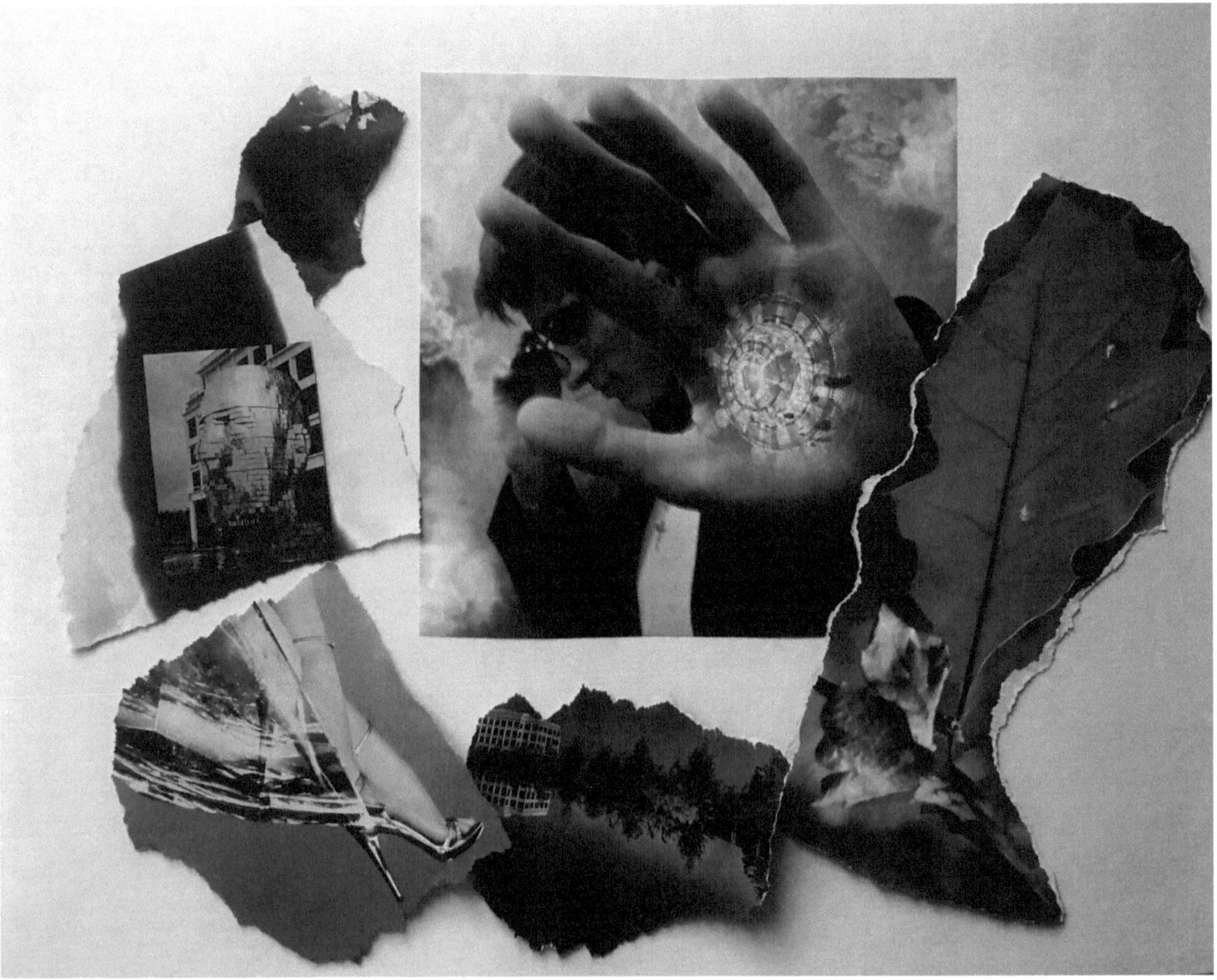

* * *

Herbst und Blätter… Selbstverbrennung meiner Seele.
Die Fortsetzung folgt in den kalten Nächten.
Reuelos meine Gedichte ich verbrenne,
Und die Hitze steigt in dünne Gefühlsschichten.
Oh, die Seiten schlagen unruhig wie Flügel
Und schenken die Hoffnung dem kommenden Feuer.
Meine Engel, traurig sind eure Mühe
Meine Zeilen den schneereichen Tagen zu streuen!

* * *

Der Frost…
Der Kalender, losgelöst von der Welt,
Verlor alle Blätter mit Feiertagen.
Der Tannenbaum majestätisch grün steht,
Unter der Maske blickt bezaubernd lange.
Und so, wie früher – auf die Berührungen
Warten Schulter und Lippen, das Schicksal durchflechten,
Lassen in dem Gedächtnis ´nen Glücksmoment,
Woran wir uns auf dem Todesbett erinnern.
Der Wintertriumph ist unersetzlich flott,
Jahr nach dem Jahr, dem Spiegel: „Schon grauhaarig!“
In das Weltalter gehen die Tage fort,
Um in der Seele ´nen eigenen Platz zu haben.

* * *

Der Frost. Die weißen Fensterspitzen.
Mit allen Farben spielt das Licht.
Die Träne… Augen-Seen… Wimpern…
Vom neuen Tag singe ich nicht.

Die Sonne scheint – es wird nicht wärmer.
Prinzessin – Frühling eisig schläft.
Die Chrysantheme auf dem Fenster
Erinnerungen bitter pflegt.

* * *

Libellen, Schmetterlinge, Käfer im Grünen,
Ein offenes Fenster und ein dünner Tüll…
Der große Rhabarber im Garten – im Blühen,
Der Garten ist starr und besonders im Juli.

Die Sanduhr bewegt sich nicht, die Sonnenstrahlen
Verflechten sich mit dem geschickten Efeu,
Der rote Mohn – statt eine Antwort zu schreiben,
Die Taglilien sind mit der Ehrfurcht gebeugt.

Die Hitze, das Blau, verliebt in die Liebe,
„Schweig… Antworte mir nicht!“ Wenn auch Warten quält,
Ich berühre die Seite mit den heißen Lippen,
Und springt mein Herz hoch, wenn die Tür aufgeht.

Die Spitze des Sommers… Eden… Geständnis…
Das Kräuteraroma ist schmackhaft gewürzt,
Es flüstert mir eine Beschwörung der Engel:
Juli, Garten, Abend, Ewigkeit und Dichtkunst…

1. Auflage, 2021

ISBN 978-3-7541-5128-0
9 783754 151280 00003
www.epubli.de